Vente du 2 Décembre 1892

HOTEL DROUOT, SALLE N° 7

BELLES

AQUARELLES

DESSINS ET PASTELS

PAR

E. ADAN, DUEZ, CH. JACQUE, JONGKIND
MAURICE LELOIR, MADELEINE LEMAIRE, NOZAL
DE PENNE, POLLET, et LA ROSALBA.

EXPOSITION PUBLIQUE

LE JEUDI 1er DÉCEMBRE 1892

De 2 heures à 5 heures 1/2

COMMISSAIRE-PRISEUR	EXPERT
M° LÉON TUAL	**M. E. FÉRAL**, peintre
56, rue de la Victoire, 56	54, Faubourg-Montmartre, 54

PARIS 1892

CATALOGUE

DE BELLES

AQUARELLES

PAR

**E. Adan, Jongkind, Maurice Leloir, Madeleine Lemaire,
de Penne, Pollet, Tofani, etc.**

DE

DESSINS

Par Duez, Fourié, Ch. Jacque, Maurice Leloir, J. F. Millet.

ET DE

PASTELS

Par Cagniard, Nozal, Pointelin, et la Rosalba.

DONT LA VENTE AURA LIEU

HOTEL DROUOT, SALLE N° 7

Le Vendredi 2 Décembre 1892

A 3 HEURES

COMMISSAIRE-PRISEUR	EXPERT
Mᵉ LÉON TUAL	**M. E. FÉRAL**
56, rue de la Victoire, 56	54, Faubourg-Montmartre, 54

EXPOSITION

Le Jeudi 1ᵉʳ Décembre 1892, de 2 heures à 5 heures 1/2

CONDITIONS DE LA VENTE

La vente sera faite au comptant.

Les acquéreurs payeront *cinq pour cent* en sus des en-
chères, applicables aux frais.

L'Acquisition des Dessins et Aquarelles faisant l'objet
de la présente vente ne confère pas à l'acheteur les droits
de reproduction qui restent réservés.

Paris. — Imp. de l'Art, E. Ménard et Cᵉ, 41. rue de la Victoire.

DÉSIGNATION

AQUARELLES

ADAN
(E.)

1 — *Un Accident.*

2 — *Intérieur de famille.*

DONZEL

3 — *Plage à marée basse.*

GUYON

4 — *Tête de femme.*

JONGKIND

5 — *Dordrecht (Hollande).*

6 — *Paysage près Grenoble.*

7 — *La Côte Saint-André.*

JOYANT

8 — *Vue de Venise.*

LAMI
(EUG.)

9 — *Les Différents Degrés de la taille et de l'esprit.*

10 — *La Mort de Cléopâtre.*
Esquisse.

LELOIR
(MAURICE)

11 — *Le Café en plein air.*

12 — *Rousseau au Val de Travers*

13 — *La Fontaine de Héron.*

LEMAIRE
(MADELEINE)

14 — *Jeune Femme.*

MÉRY

15 — *Les Canards l'ont bien passé.*

MORLAND

16 — *La Jeune Mère.*

PENNE
(DE)

17 — *Tête de chien Saint-Hubert.*
18 — *Water spaniel.*

POLLET

19 — *Chasseresse.*
20 — *Portrait de jeune femme.*

REJCHAN

21 — *Visite au Grand Chef.*

TOFANI

22 — *Sur le mail.*

VOILLEMOT

23 — *L'Ivresse de Bacchus.*

---

*

DESSINS

BEAUMONT
(ED. DE)

24 — *Dans la gendarmerie,*
Quand un gendarme rit,
Tous les gendarmes rient
Dans la gendarmerie.
La ri fla, fla, fla, etc.

BONINGTON
(R. P.)

25 — *La Marée montante.*
Sépia.

COUTURE
(Genre de TH.)

26 — *Le Désespoir.*
Allégorie.

DONZEL

27 — *Paysage au soleil couchant.*

Sépia.

DUEZ

28 — *Gilliatt montant l'escalier du fort.*

29 — *La Maison des Bravées.*

FOURIÉ

3o — *Le Jardin des Plantes.*

31 — *Enfants dans un jardin.*

32 — *Curé lisant son bréviaire.*

JACQUE

(CHARLES)

33 — *Chevaux de trait.*

34 — *Porcs à l'auge.*

Dessin rehaussé.

LELOIR

(MAURICE)

Dessins ayant servi à l'illustration de l'ouvrage :
PAUL ET VIRGINIE.

35 — *Le Bain des enfants.*

36 — *Paul et Virginie jouant avec Fidèle.*

37 — *Mme de La Tour cherchant un asile avec sa négresse.*

38 — *Mme de La Tour rencontre la mère de Paul.*

39 — *Les Deux Femmes filant du coton.*

40 — *Consolations.*

41 — *Virginie va puiser de l'eau à la source.*

42 — *Le Jupon parapluie.*

43 — *Les Enfants perdus dans les bois.*

44 — *Le Passage de la rivière.*

45 — *Paul et Virginie abattent un arbre en brûlant ses racines.*

46 — *Domingue retrouve les enfants.*

47 — *Le Signal.*

48 — *Virginie lavant le linge à la fontaine.*

49 — *Les Occupations d'hiver.*

LELOIR
(MAURICE)

50 — *La Lecture de la Bible.*
51 — *Les Repas au bord de la rivière.*
52 — *Paul et Virginie dansant.*
53 — *Virginie se prépare à partir en France.*
54 — *La Découverte du corps de Virginie.*

Dessins ayant servi à l'illustration de l'ouvrage :
LAZARILLE DE TORMES.

55 — *Lazarille et le vieil aveugle.*
56 — *Scène de ménage.*
57 — Neuf dessins.
58 — Onze dessins.

MARILHAT

59 — *Palmiers au bord du Nil.*

MENGIN

60 — *Tête d'enfant.*

MILLET
(J. F.)

61 — *Bergère assise.*

MURATON
(Mme E.)

62 — *Le Rouet.*

SAINT-FRANÇOIS

63 — *Vue d'Orient.* ·
Fusain rehaussé de blanc.

SOMME
(HENRI)

64 — *Croquis à la plume.*

VOLLON

65 — *Intérieur de cuisine.*

PASTELS

CAGNIART

66 — *Le Pont de Bercy.*

NOZAL

67 — *Effet de neige.*

POINTELIN

68 — *Paysage.*

ROSALBA

69 — *Tête de jeune femme.*

EAU-FORTE

LEPIC

70 — *Chien barbet.*